I0548528

FLEURS POITEVINES

POÉSIES NOUVELLES

par

PAUL SOULLISSE

Étudiant

à la Faculté de Droit de Poitiers

Membre de plusieurs Sociétés Littéraires

Lith. Maingault, Fl. du Palais, Poitiers.

1881

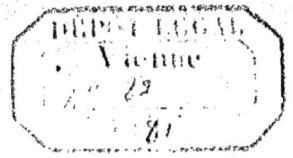

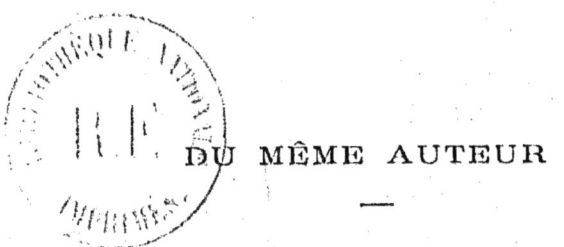

DU MÊME AUTEUR :

—

La peine de Mort, poème.

EN PRÉPARATION :

Roses mortes, poésies diverses.
Les Échos de la Boivre, odes et chansons.

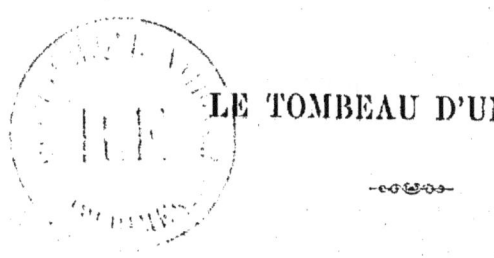

LE TOMBEAU D'UNE AME

Avec ses cheveux sur le front,
Regardez là-bas cette femme,
C'est un cadavre froid sans âme,
Un grand squelette vagabond.

Le monocle à l'œil, un gommeux,
Faible cervelet, esprit dense,
Près d'elle, à petits pas s'avance,
Et lui dit des mots doucereux...

Tous deux dans les bois vont courir,
En foulant sous leurs pieds l'herbette,
Qui sans cesse en pleurant répète :
« Brigands, vous me faites mourir ! »

Le grillon recule d'horreur,
Et de crainte la libellule,
Se retire dans sa cellule
En disant : « Vous me faites peur. »

Là-bas, sur les côteaux ocreux,
Ils marchent remplis de décence,
Mais bénissent la Providence
Quand ils sont dans les chemins creux !

Ils redisent des virelais,
Des rondeaux et des villanelles
Amusants, et les coccinelles
Pensent tout bas : « Oh ! qu'ils sont laids ! »

Et toutes les petites fleurs,
Et les buissons dans les ravines,
Disent avec leurs voix divines
Des fabliaux désenchanteurs !

Sur la tige aux longs nerfs mousseux
De l'œillet ou de la pervenche,
Je vois l'insecte qui se penche
Avec le papillon poudreux,

Tandis que dans le creux ravin,
J'aperçois l'escargot timide,
Prendre sa course à toute bride,
De peur d'y perdre son latin ;

Et Dieu lui-même dans les cieux,
Par qui la lumière fut faite,
Prend ses pinceaux et sa palette,
Et roule un sujet curieux

Dans son gigantesque cerveau,
Puis met sur le front de la femme
Ces mots écrits en feu : « D'une âme,
Humains, ce corps est le tombeau ! »

LE PRINTEMPS

Les prés sont parsemés de fleurs,
Et la nature est embaumée ;
Oh ! les enivrantes senteurs
Pendant la saison parfumée !

Regardez sur les nénuphars,
Les demoiselles se rassemblent,
Et dans leurs jeux font mille écarts
A travers les roseaux qui tremblent ;

Pinsons, sur le rameau fleuri,
Essayez vos voix argentines,
Et dansez le charivari
Avec des allures mutines !

Croissez, gazons voluptueux,
Et sommeillez, vous, tourterelles,
C'est l'aube : vos membres frileux,
Se cachent sous vos blondes ailes ;

Les ormeaux, les chênes sont verts ;
Dans les bois les coucous sont jaunes,
On entend jaser les piverts
A travers les joncs et les aulnes.

Dans les arbres, les liserons
Enlacent leur verte spirale,
Et ressentent de doux frissons
Quand vient la brise matinale ;

Tout est fait pour plaire et charmer ;
L'enfant à Dieu paraît sourire,
Et notre cœur semble vibrer
Sous l'ivresse qui nous inspire ;

Il faut aimer ; c'est le réveil
De la plus langoureuse aurore ;
Aimons ; l'amour est le soleil
Qui chauffe l'âme et la colore ;

C'est l'heure des divins propos,
L'heure où l'on fait des rêves roses,
Où le cœur divague à huis clos
Sur tout un tas de belles choses !

LA VAGUE

Courage, matelots, la nature est en deuil,
Car le vent dans sa course emporte la nuée,
Et la vague sans fond, toujours plus remuée,
Vole de gouffre en gouffre et d'écueil en écueil ;

Le vent souffle sans cesse, ivre d'un fol orgueil :
Il soulève le flot sur l'onde tortuée,
Et poursuivant toujours sa course exténuée,
Il prépare au marin un immense cercueil !

Pâle, le voyageur que la douleur opprime,
D'un œil désespéré semble sonder l'abîme,
Et contemple la mer qui hurle tristement :

Par delà ces grands flots, ces montagnes humides,
Par delà tous ces monts et ces plaines liquides,
Dans l'onde on voit briller un grand soleil d'argent.

POÈTE

Pourquoi n'aimons-nous pas ces paisibles poètes,
Ces exilés du monde avec leurs voix secrètes,
   Leur lyre d'or et leurs chansons?
C'est que pas un doux rêve à leur front ne se pose,
Que leurs cœurs ont chassé le parfum de la rose,
   Qu'ils n'ont du ciel que des rayons ;

C'est qu'ils se perdent tous en vagues choses folles ;
C'est qu'ils ne vivent pas, qu'ils ne sont les idoles
   Que de l'ennui, de la douleur ;
C'est que ces hommes-dieux, ces rêveurs de la terre,
Noyés dans l'idéal, insondable mystère !
   N'ont jamais connu le bonheur ;

C'est que nous les voyons, seuls, dans l'ombre vivante,
Retirés des plaisirs et glacés d'épouvante,
   Rêver toujours l'éternité,
Et songer au soleil qui fait leur âme éclore,
Et, calme, s'envoler vers les cieux, vers l'aurore,
   Où plane l'immortalité ;

C'est que nous préférons les fleurs, les primevères,
La nature embaumée à leurs profonds mystères,
   A leurs pensers mystérieux ;
C'est qu'ils ne parlent pas, que leurs cœurs sont moroses,
Que si nous leur donnons des baisers, des fronts roses,
   A peine s'ils ouvrent les yeux !

L'AVENTURIÈRE

Trouvant sa besogne trop dure,
Une moissonneuse aux doux yeux,
Voulut courir dans la verdure,
Et contempler les grands cieux bleus.

C'est qu'un jour, allant à la ville,
On vint à lui parler d'amour,
Et que sa faux et sa faucille
Lui déplaisaient depuis ce jour ;

Et l'imprudente au doux visage,
Au teint de bronze et velouté,
S'enfuit alors de son village,
N'ayant en tout que sa beauté.

Or, chacun la trouvant jolie,
C'était à qui la fêterait ;
De perles et de flatterie,
C'était à qui l'entourerait.

Mais bientôt vinrent les années ;
Les rides mordirent son front ;
Et ses lèvres étant fanées,
Le monde lui jeta l'affront.

Étant alors dans la misère,
Elle regagna son hameau,
Et quand elle revit sa mère,
Elle trouva le ciel plus beau !

A SUZON

Lorsque ta robe brune
Et ton beau chapeau noir,
Reflètent de la lune
Les doux rayons du soir,

Et que ta jambe fine,
Et ton soulier charmant,
Se montrent, j'imagine
Que c'est pour ton amant ;

Car tu veux en échange
De ton amour câlin,
Chose la plus étrange !
Un sourire enfantin ;

Et si parfois on touche
Ton beau front parfumé
D'une craintive bouche,
On a le cœur pâmé !

IN ABSENCE

❧

My thoughts are ever with you,
Sweetheart, with you alone.
(EDWARD BRENNAN).

Bien que l'espace nous sépare,
Nos cœurs ne sauraient se quitter,
Car l'amour jamais ne s'égare,
Son soleil n'a pas de coucher.

Que ce soit à l'aube, mignonne,
Le matin, le jour ou la nuit,
Tous mes pensers je t'abandonne,
Car je n'ai que toi dans l'esprit.

L'amour fait tout paraître en rose,
Et le chagrin et la douleur,
L'ennui, ce vain nuage, n'ose
Enlever la lumière au cœur.

Et l'âme qui t'appelle « épouse »
Et l'âme qui m'appelle « époux »
Ne trouveront peine jalouse
Pour briser des liens si doux !

Quand l'automne de notre vie
Viendra rougir nos plus beaux jours,
Le vent du souvenir, ma mie,
Fera reverdir nos amours.

Rien ne pourra sur cette terre
Anéantir un sort si beau,
Jusqu'au moment où, peine amère !
Nous dormirons dans le tombeau !

AUX ORGUEILLEUX DU JOUR

Pierre était un petit vaurien
Qui, disait-on, ne savait rien,
Pas même la première
Lettre de l'alphabet. Or, un jour que sa mère,
Dans l'église voisine était à prier Dieu,
Et que seul il ne pouvait rire,
Il résolut alors de lire
Dans le grand livre bleu.
Saisir furtivement le livre dans l'armoire,
Fut pour notre vaurien l'affaire d'un instant,
Mais pour lire, halte là! c'était une autre histoire
Car il n'y voyait rien que du noir et du blanc.
« Sur mes yeux, se dit-il, je n'ai pas mis de verre
Comme je l'ai vu faire à ma vieille grand'mère,
C'est la seule raison qui m'empêche de voir. »
Alors de sa grand'mère il cherche les lunettes,
Et pour les rendre nettes,
Du coin de son mouchoir
Les frotte.... Il parcourut le livre page à page,
N'y voyant jamais davantage.

Bientôt de son aveuglement,
Sa mère lui fit voir la cause
Disant : « Pour faire quelque chose,
Il faut apprendre auparavant. »

CONTE TRISTE

J'ai vu du feu, du sang et des choses atroces,
Des frères se tuer et s'égorger entr'eux ;
J'ai lu souvent des faits de peuplades féroces,
J'ai vu s'accomplir les drames les plus affreux,
Et mon cœur a gémi sous le coup de ces crimes,
Qui, marteaux sans pudeur, frappent l'humanité,
Et mon âme a saigné devant tous ces abîmes
Qu'on ouvre devant l'homme avec *Fraternité* !

Mais écoutez ceci, c'est encor plus terrible ;
C'est l'histoire d'un jour où le peuple en fureur,
Le drapeau dans la main et le peuple pour cible,
Comme un hideux vautour répandait la terreur.
Oh ! nous nous rappelons tous ces instants de crise
Où la foule à Paris, couverte de haillons,
Courant les cabarets en sortant d'une église,
Chantait dans son ardeur : « *Formez vos bataillons!* »
Nous croyons voir encore au milieu du carnage,
Tous ces vils histrions, immondes assassins,
De l'instrument fatal dressant l'échafaudage,
Sans penser qu'ils faisaient des enfants orphelins!
Nous croyons voir cela, mais écoutez encore,
Ceci me fut conté par un ancien soldat :
C'était dès le matin, à la plus tendre aurore,
Et bien qu'on fut à jeun, s'engageait le combat

Atroce, sans pitié. Dans une rue obscure,
Sur le seuil d'une porte une petite enfant
Se tenait accroupie, et sur la pierre dure,
Attendait ; elle avait un visage charmant,
Blémi par le malheur et l'affreuse misère ;
Dans son ardent délire, elle rêvait à tout ;
A sa pauvre mansarde, à sa sœur, à sa mère,
A son père défunt qu'elle voyait partout,
Et parfois vers le ciel lançait un regard sombre.
Comme pour condamner la justice de Dieu ;
La tristesse dans l'âme, elle rêvait dans l'ombre,
Et semblait dire au monde un éternel adieu !
Hélas! la pauvre enfant gémissait en silence,
Les sanglots étouffaient sa voix qui tremblotait,
Et son front radieux, rayonnant d'innocence,
Aurait fait deviner qu'un ange se mourait.
Auprès d'elle un sergent, pris de pitié, s'avance,
Et lui dit : « Mon enfant, qui t'a conduite ici ?
Monsieur, mon père est mort en défendant la France,
Et dans son désespoir, ma mère est morte aussi ;
Voilà pourquoi j'ai faim et ne trouve personne
Qui vienne à mon secours. — Et le sergent reprit : —
Sois courageuse, enfant, car le ciel n'abandonne
Que ceux qui sont méchants ; mais, voyons, que t'a dit
Ta mère avant que de mourir ? — Voici l'histoire,
Dit Jeanne ; (car c'était son nom) elle posa
Sa lèvre sur la mienne, hélas! triste mémoire,
En me répétant « sois sage » puis me baisa. —

A ces mots, le sergent ne sachant plus que dire,
Retira de son sac un biscuit et du pain,

En redisant à Jeanne, avec un doux sourire :
« Enfant, mange ceci, je reviendrai demain. »

Et puis le lendemain, sur le seuil de la porte,
Jeanne attendait toujours, mais personne ne vint,
Et le soir, un soldat passant, la trouva morte.
Quant au pauvre sergent, nul être ne le plaint,
Il est mort en héros ! Mais l'histoire raconte
Que celle qui l'aimait vit dans le célibat,
A déjà refusé souvent la main d'un comte,
Et pleure chaque fois qu'elle voit un soldat ! »

POITIERS. — TYPOGRAPHIE OUDIN.

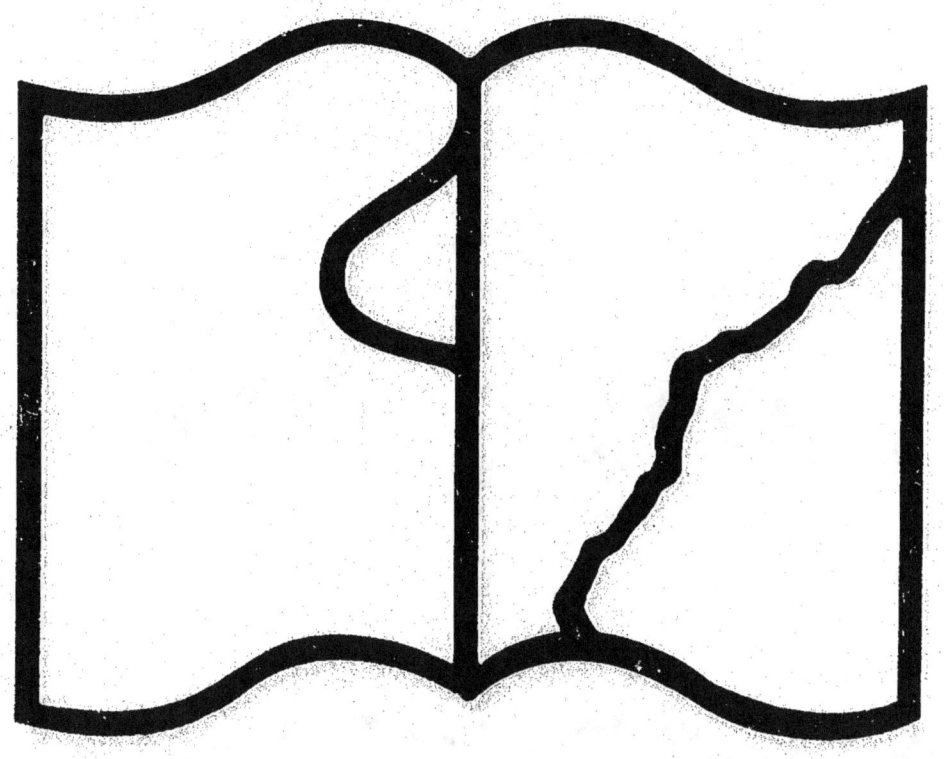

Texte détérioré — reliure défectueuse

NF Z 43-120-11

Contraste insuffisant

NF Z 43-120-14

www.ingramcontent.com/pod-product-compliance
Lightning Source LLC
Chambersburg PA
CBHW061525170626
46811CB00004B/1849